유럽여행수첩, 나른의 스케치북

세느 강이 보이는 카페에서
그리움을 그리다

유럽여행수첩, 나른의 스케치북
세느 강이 보이는 카페에서 그리움을 그리다

초판 1쇄 인쇄 | 2013년 4월 5일
초판 1쇄 발행 | 2013년 4월 12일

지은이 | 나른
펴낸이 | 이춘원
펴낸곳 | 노마드 Nomad

편 집 | 이지예
디자인 | 권경은
마케팅 | 강영길
관 리 | 정영석

주 소 | 경기도 고양시 일산동구 장항2동 753 청원레이크빌 311호
전 화 | (031) 911-8017
팩 스 | (031) 911-8018
등록번호 | 2005-29
등록일 | 2005년 4월 20일
공급처 | 책이있는마을

유럽여행수첩, **나른의 스케치북**

세느 강이 보이는 카페에서
그리움을 그리다

글 그림 나른

Prologue

그림을 세상에 보여주면서 웃으시겠지만, 정말 많이 아팠어요.

엉성한 여자아이가 어른이 되어가면서 하나씩 하나씩 세상을 보기 시작하고,

세상을 보면서 차마 말하지 못한 것들을 그려대기 시작했답니다.

무엇이든 그리고 지우고 또 그리면서 어른이 되었지요. 어른이 되고나서야 알았어요.

사랑 같은 건 철들기 전에는 하는 게 아니라는 것을…,

내가 어디 있는지 모르겠는 날

하늘을 올려다 보면 괜히 눈물이 나는 날

하나씩 꺼지는 네온사인을 바라보며 찔끔 눈물을 흘리던 날

그때마다 꿈을 꾸었더랬지요.

어디든 훌쩍 떠날 수 있기를….

그래서 돈을 참 많이 벌었어요.

편의점에서도 벌고 영화관에서도 벌고

호프집에서도 벌었네요. 날마다 날마다….

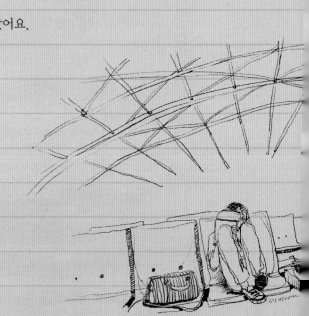

어느 날,

어른이 된 아이는 훌쩍 떠났답니다.

언제나 꿈속에서 보던 것들을 찾아서.

가난하다는 건 어느 면에서는 좋은 것 같아요.

가져갈 짐이 없어서 편하게 등짐 하나로 해결하고 떠났답니다.

값 나가는 거라고는 탭 하나뿐이었지요.

한 자루 연필과 스케치북만 믿고 떠났는데…,

돌아와서는 이렇게 한 권의 책이 묶어졌네요.

지나간 마을과 마을… 산과 강과 바다…

정말 세상을 마음껏 보았네요.

그리고 마음껏 그렸어요.

내가 본 대로, 내가 그리고 싶은 대로 차곡차곡 그렸어요.

유치한 내 몇마디 낙서와 함께 그려내고 보니

어울리는지도 모르겠어요.

미안해요.

건방지게 이런 걸 책으로 내서….

내 안에 가득한 바람을···

차 례

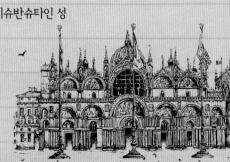

아파하는 것들

사랑니를 뽑았다.

있는 줄도 몰랐다.

언제 어떻게 생겼는지도 모르고 살았다.

사랑니도 어금니인 줄 알았다.

욱신대고 아파서 갔더니 사랑니가 썩었다고 한다.

별로 필요도 없으니 뽑자고 해서

그 자리에서 뽑아버렸다.

아프다.

그래서 사랑니라고 이름 붙였을까?

새 가방을 샀다.

다짐 : 네가 사준 낡은 가방….

아직 버리지 못했지만 언젠가는 꼭 버리고 말 거야.

꿈에서 깨어난다.

새로 산 작은 가방에 주섬주섬 옷가지를 넣는다.

이제 그만

시간이 해결해 주는 사랑은 없다.

바람이 불어오면 바람을 맞으며
널 생각할게.

비가 내리면 빗속에 우두커니 서서
널 그리워할게,

철길이나 흙 길을 걸을 때
아스팔트 위로 작렬하는 태양 아래 섰을 때
저 먼 산야로 해가 기울거나 혹은 떠오를 때

널 기억할게.
비에 젖은 도로 위를 질주하는 불빛들을 보며
바람에 흔들리는 한 그루 나무를 보며
골목 길 담장 너머로 흩어지는 이름 모를 꽃잎을 보며
널 사랑할게,

강물이 은빛으로 빛나며 흐를 때
달빛이 숲 위로 내려 앉을 때
바다 위로 갈매기가 날아 오를 때.

공항에서 만난 아저씨가 딸을 안고 말했다.

"아빠. 돈 많이 벌어가지고 올게."

그런 말을 하다니. 사는 거. 참. 유치해.

내 아빠는 떠나는 내 이마를 손가락 끝으로 찌르며 말했다.

"가스나야. 도화싸리 낀나? 가스나가 되가꼬 방랑베기 뭐꼬?"

화장실 가는 길에 슬쩍 일등석을 엿본다. 편안한 침대에 누워 신문을 보는 아저씨들.
미안한데요, 안 행복해 보여요. 내가 훨 젊으니까.

국적기가 비싸서 타지 못했는데, 국적기 아니어서 떠돌이에게 더 어울린다. 영어로 된
잡지를 펼쳐든다. 글 생략하고 보니까 너무 좋아. 내 짧은 영어로 혼자 먼 나라로 가는
게 불안은 하지만 그 대신…, 행복하잖아.

그대, 저 멀리 프랑스

Charles de Gaull

Charles de Gaulle.

샤를 드골 공항.

공항 이름을 드골이라고 지을 만 하다는 것.

프랑스 대통령이라면 드골밖에 생각 안 나니까.

그런데 알고 보니 이 아저씨 이름 정말 길다.

샤를 앙드레 조제프 마리 드골.

레마르크 소설『개선문』에서 주인공인 라비크와 조앙마두는
끝내 사랑에 도달하지 못했어.
믿음직스럽지 못한 라비크 같은 남자라면 나도 사랑할 수 없을 것 같아.
누군가를 사랑하려면 먼저 나를 사랑해야 해.
내 두 눈과 코와 입과 썩은니까지 몽땅 사랑하고 나서야

에펠탑과 개선문

Eiffel Tower, Triumphal Arch

누군가를 사랑하게 되는 거야.
마지막 장면,
라비크가 추방당하는 트럭에서 내다 본 개선문은
밤안개에 빠져있었지.

높고.
크고.
멀다.
끝.

CAFE des 2 MOULINS
BRASSERIE
BUFFETS CHAUDS & FROIDS
BAR
BRASSERIE
RESTAURANT
RUE LEPIC
ERMARCHE

몽마르트 언덕
Montmartre

파리장들 사이에 끼어 앉아서 탭을 꺼낸다.

지나던 사람들이 들여다본다. 탭으로 그리니까 이상한가?

종이에 연필로 그려야 화가다운 걸까?

스케치북과 연필을 구해서 다시 와 앉아야 할까?

왠지 그래야만 할 것 같은 분위기,

암튼 나도 파리장이 되어본다.

셰익스피어 앤 컴퍼니
Shakespeare&Company

서점은 많은 사람에게 사랑과 낭만을
움트게 하고 진행시키는 곳,
영화 〈비포 선셋〉에서 베스트셀러 작가가 된
주인공이 사랑하던 이를
어느 날 우연히 다시 만난 곳도 파리의 고서점
'셰익스피어 앤 컴퍼니'라고 하는데,

나도 우연히 아주 우연히 그 사람을
이곳에서 다시 만날 수 있을까?
칫, 그럴 리가, 참 부질없다. 그래도 혹시나…,
어쩌지, 이런 내 맘 누구한테 들킬 것만 같아.

28

미라보 다리
Mirabeau Bridge

미라보 다리 아래 세느 강은 흐르고
우리의 사랑도 흐른다

마음속 깊이깊이 아로새길까
기쁨 앞에는 언제나 괴로움이 있음을
밤이여 오너라, 종아 울려라

시인 '아폴리네르'가 화가였던
'마리 로랑생'과 헤어지고 나서
잊지 못해 지었다는 시 '미라보 다리'
그 시대 여자 화가들은 어땠을까?
지금의 나처럼 자유로웠을까?

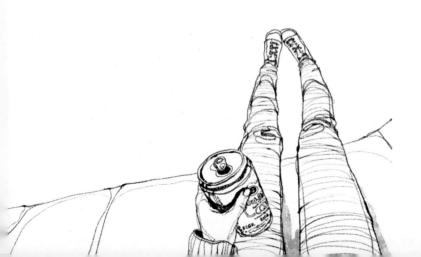

30

베르사유 궁전
Chateau de Versailles

마리 앙투아네트.
빵 없으면 과자 먹으라던 그녀.
지어낸 이야기라고들 하던데.
난 그냥 믿을래.
그렇게 철없이 살아가는 건
정말 멋진 일 같거든.
난 너무 늙었대.
애.늙.은.이.

연인들의 다리라는 퐁네프의 다리.
영화로 더 유명한 다리에 서서
줄리에트 비노쉬를 생각한다.
노숙자로 나오는 여배우가
그처럼 아름다울 줄은
정말 몰랐던 기억이….

LOUVRE

34

드가 – 공간의 미학. 부드럽게 시선을 이끄는 힘은 언제 봐도 놀라워.

클림트 – 좋다. 부드러운 선이 퇴폐미를 감싸 안고, 나를 감싸 안는다.

레오나르도 다빈치 – 모나리자를 바라보는 순간 미동조차 할 수 없을 만큼
마음과 세상이 평온해졌다.

뒤르메 – 피렌체. 그 색깔들에 대한 매혹. 염료에 대한 경이로움.

세잔느 – 졸라는 소설에서 자기의 가장 친한 친구 세잔느를 실패한 화가로 묘사하고
세잔느에게 버림받았다. 세잔느는 결코 실패한 화가가 아니기에.

우키요에 – 죽은 자들이 주는 너무 오래된 추억

너와 나 – 그림과 달리 너와 나는 마주보거나 혹은 나란히 본다.

너와 나는 같이 액자 속에 담길 수 없다.

담기지 않는 슬픔. 버려지는 슬픔. 슬픔도 용기다.

어쨌든 루브르는 내 천국

거리의 예술가들.
소매치기들.

그냥 쳐다보기만 해도
생동감 넘치는 분수.

생폴드방스
Saint-Paul de Vence

거기 그 거리에 가면 당신과 나란히 앉아
그 날 비 내리던 거리를 내다보던
그 카페의 문설주에 기댄다.

그냥 하릴없이 왔다 간다는
내가 쓴 메모 하나라도
우연히 아주 우연히 그 자리에서
당신이 뽑아들고 들추어보는
상상만으로도 난 행복해.

이렇게
가끔 당신이 생각나는 거야.

이브와르에서는 크레페로 점심을 먹으라던데
크레페에 달콤한 크림과 과일 외에
넣어본 적이 없어서 망설였다.
뭐든 그렇게 처음을 두려워하는 내 소심함이
가게 앞에서 내내 서성거리게 한다.
어서 하나 싸들고 호숫가로 가서
맛있는 점심을 먹을 작정이었다.
그런데 이게 뭐야?
마을이 너무 아름다워서
호수까지 가지도 못하고
해가 질 것만 같다.

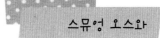

강가에 앉아 이마 위로 지나가는 바람을 맛본다.

혼자 외롭게 강가에 앉아있는 내가 그리워진다.

외로움은 내게 정말 큰 힘이 되어준다.

외로우니까 온몸의 핏줄들이 살아남자고

다짐이라도 하는 것 같다.

너무 좋아.

너보다 나를 더 사랑한다는 것.

오래된 성들을 둘러볼 때마다 생각하게 되는 건, 프랑스 영화의 성주님들은 죄다 지저분하고 음흉해 보였다는 거야.

침침한 화강암 복도를 서성이면서 누군가를 해칠 궁리나 하는 정치가들. 얼굴은 하얀색 분칠을 한 모습.

아. 그래.

우리나라 정치하시는 나으리들도 모두 하얀색 분칠을 하고 국회에 들어가면 멋지겠다.

누군가를 해칠 궁리나 하는 건 변함없으니까.

46

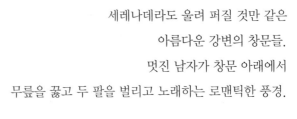

콜마르
Colmar

세레나데라도 울려 퍼질 것만 같은
아름다운 강변의 창문들.
멋진 남자가 창문 아래에서
무릎을 꿇고 두 팔을 벌리고 노래하는 로맨틱한 풍경.

그런데요.
사실 사랑은 그렇게
한여름 밤의 꿈처럼 오는 게 아니더라고요.
정말 느끼지도 못하면서 오더라고요.
하고 싶지 않아도 결국은 하게 되는 구차한 사랑.

Montmartre 몽마르트 언덕

몽마르트는 자유분방함을 즐기는 예술가들의 아지트로 유명하다. '몽(Mont)'은 '언덕'이라는 뜻이고 '마르트(martre)'는 '순교자'를 뜻한다. 해발 130m의 야트막한 언덕이지만 평지가 주를 이루는 파리에서는 시가지를 내다볼 수 있을 만큼 높은 지대에 속한다. 근처에는 고흐와 동생 테오와 함께 살았던 '반 고흐의 집', 다다이즘의 대표 시인 차라가 살았던 '트리스탄 차라의 집', 작곡가 비제가 살았던 '조르주 비제의 집' 등의 볼거리가 있다. 사크레 쾨르 성당, 몽마르트 묘지 등 관광명소가 있다. 사크레 쾨르 성당은 1870년 프랑스가 혼란을 겪을 때 가톨릭교도의 마음을 달래기 위해 지어진 곳이며, 몽마르트 묘지는 스탕달, 드가, 모로, 졸라의 묘지가 있어 많은 사람들이 참배하기 위해 방문한다.

Versailles 베르사유 궁전

루이 14세가 1664년부터 1715년에 걸쳐 완성한 바로크 양식의 건물로, 호화롭고 장려하기로 유명하다. 루이 14세 왕비인 마리 앙투아네트가 살았다. 이곳에는 화장실이 없는 곳으로 유명하다. 미국 독립 전쟁, 프로이센 · 프랑스 전쟁, 차 세계 대전의 강화 조약이 체결된 곳이다.

Eiffel Tower 에펠탑

세느 강 서쪽 강변에 위치한 드넓은 샹 드 마르스 공원에 에펠탑이 자리하고 있다. 1889년 프랑스 혁명 100주년을 기념해 자유의 여신상의 뼈대를 만드는 일을 맡았던 건축가 귀스타브 에펠에 의해 설계된 에펠 탑은 프랑스 건축 공학이 이루어낸 또 다른 위대한 업적이라 할 만한 건축물이다. 프랑스와 파리의 상징이자, 우아함, 단순함, 현대성의 아이콘이다.

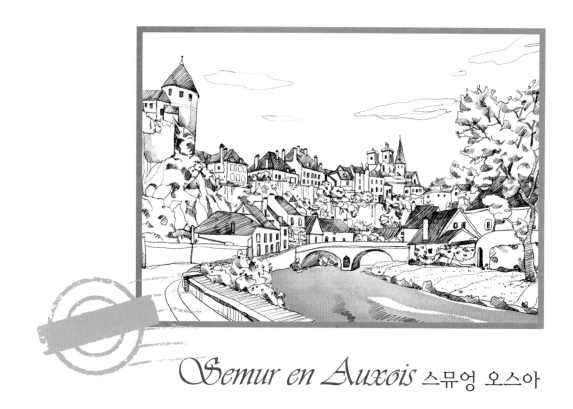

Semur en Auxois 스뮈엉 오스아

프랑스 중부 브르고뉴 지방의 중세풍의 고풍스런 작은 도시이다. 작고 아담하면서도 아름다운 도시의 매력에 많은 사람들의 발길이 멈추질 않는다.

Y-voire 이브와르

마을 전체가 아름다운 돌담과 꽃들로 이루어진 중세풍의 도시. 흔히들 꽃마을이라고 불리며 꽃의 미소가 무척 아름다운 곳이다.

St Paul Vence 생폴드방스

'샤갈의 마을'로 알려진 생폴드방스에는 찬란하게 부서지는 햇살과 지중해 쪽빛 바다, 연중 따뜻한 기온의 날씨가 사람들을 사로잡는다. 샤갈은 생의 마지막 20여년을 이 곳에서 보내며 지중해 향취를 자유롭게 캔버스에 담았다. 마티스, 피카소 등 많은 화가들이 머물며 작품활동을 했던 예술의 마을이다

Colmar

Colmar 콜마르

평화롭고 아기자기한 풍경이 돋보이고 누구나 동화 속
주인공이 될 수 있는 듯한 착각에 빠지게 만드는 예쁜
도시이다. 꽃피는 여름과 크리스마스마켓이 열리는 겨
울이 특히 아름답다. 특히 '쁘띠 베니스'에는 가운데 운
하를 끼고 양쪽으로 카페와 아름다운 집들이 늘어서 있
어 색다른 분위기를 전한다.

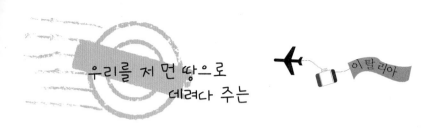

우리를 저 먼 땅으로
데려다 주는

이탈리아

텅 빈 콜로세움을 바라본다. 수많은 비극과
희극으로 가득했던 곳. 영웅들과 신들로 가득한 곳.
신들보다 더 위대했던 순교자들이 꿈을 좇아
달려갔던 위대한 곳.

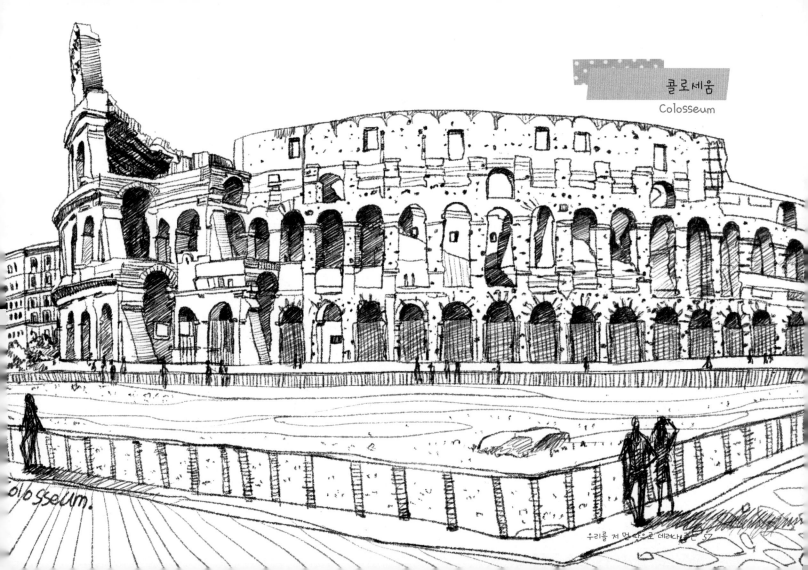

콜로세움
Colosseum

Colosseum.

우리를 저 먼 곳으로 데려다 준다 57

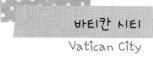
전지전능한 걸 위대하게 봐주고 싶지는 않다.

우리가 위대한 건 전지전능하지 못해서니까.

저렇게 멋진 성당에는 교황님이나 주교님이나 신부님이 사실 거야.

예수님은 저기 안 사실 거야.

언젠가 본 편의점 앞에서 종이를 줍던 할머니네 집에 가보면

아마 거기 예수님이 떡하니 앉아 계실 거야.

그래도 난 저 멋진 곳에 가서 기도할래.

트레비 분수
Fontana di Trevi

동전 한 닢으로 해결하려 들어서 미안해요.
여기 다시 오게 해달라고는 빌지 않았어요.
내 사랑에 성능 좋은 신호등이 달려있었으면.
그런 소원….

난 참 이상한 아이예요.
인정할게요.

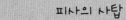

피사의 사탑
Tower at Pisa

어느 날 저 탑이 드디어 결국 무너져 내렸다는
뉴스를 인터넷에서 볼 수 있기를 바라면
너무 오래 살겠다는 욕심일까.

로마에 있지만 이름은 스페인 계단.
이런저런 관심 밖의 교황청과 프랑스 알력 다툼,
혹은 부자들의 초상화 배경 따위.
죽기 전에 가보아야 할 문화유적.
내가 정말 두리번대는 건 그런 걸 찾으려는 게 아냐.
불쌍한 존 키츠가 폐병으로 죽었다는 집이 궁금해.
춘천이었나? 굶어서 죽었다는 한국의 김유정 아저씨.
죽기 전에 친구한테 이렇게 써서 보냈대.
"돈 좀 꾸어주시게.
닭 한 서른 마리하고 배암 한 스무 마리
고아먹으면 일어날 것도 같네."
사는 게 그렇지 뭐. 나도 물감 살 돈으로
고구마 케이크 사먹은 적이 있으니까.
그 심정 충분히 이해 한다고요.

지올리티, 로마
Giolitti, Rome

아이스크림 가게가 딱 한 곳인 것처럼 길게 늘어선 줄.
말하지 않아도 생크림을 듬뿍 얹어주는 점원의 센스.
친구들에겐 정말 맛있었다고만 말할 게 분명해.
이 맛을 어떻게 설명해야 할지 도무지 모르겠거든.

눈치를 본다.

혹시 곤돌라를 혼자 타는 관광객들이 있으면 나도 혼자 타보려고 그런다.

달랑 여자 혼자 곤돌라를 타는 건 좀 없어 보이니까.

정말 할머니 한분이 혼자 타고 있다.

알겠습니다.

다리로 건너겠습니다.

탄식의 다리.

죄수들이 지하 감옥으로 향하는 길이라고 해서 붙여진 이름.

그 아래로 예쁘게 생긴 곤돌라가 지나간다.

우리를 저 먼 땅으로 데려다 주는 73

74

전화를 기다리라고 한 너를 생각한다.
오래된 〈뚜르드몽드〉를 펼친다.
아직은 도움이 되지 않는 잡지
전화를 기다린다.
벨이 울리지 않아도 좋다. 난 충분히 기다린다.

멜라니 샤프카의 통기타 소리가 들려온다.
창밖은 어둡고 밤바람에 나뭇가지가 일렁인다.
달빛도 일렁인다.

동네 어귀에서 고양이 우는 소리
너도 나처럼 여기가 낯설어서 그러니?
길 위에 나를 올려놓으면 참 외롭다는 걸 깨달았단다.

기차 타고 멀리 가서 함께 수평선 위로 떠오르는 태양을 바라보면서 소원을 빌어 본 적이 있잖아.

그 날, 해뜨기 전에 파랗게 변해오던 하늘 멀리 고깃배들이 지나가고 있었어.

고깃배를 따라 날아가는 바다새들과, 새들의 날개 위에서 반짝이던 별들.

바라보고 앉은 나폴리의 바다보다 그때 우리가 함께 보았던

그 수평선이 더 아름다웠다고 나는 기억해.

길을 걷다가 문득문득 네가 그리워져.

너에게서 나에게로 이렇게 떠나왔는데.

나 바보 같다. 정말.

$\mathcal{T}revi$ 트레비 분수

분수 안을 들여다보면 전 세계 동전을 모두 볼 수 있다. 분수에 동전을 던지면 로마에 다시 올 수 있다는 이야기가 전해지고 있기 때문이다. 분수에 동전을 던지는 방법은 사람마다 다르지만 정석처럼 알려진 것이 등을 돌리고 서서 오른손에 동전을 쥐고 왼쪽 어깨 너머로 던지며 소원을 비는 것이다. 영화 〈로마의 휴일〉의 오드리 헵번 모습이 떠오르는 장소로도 유명하다.

Colosseum.

Colosseum 콜로세움

한꺼번에 5만 명 이상을 수용할 수 있다는 로마에 있는 원형경기장. 동물 쇼를 보여주거나 검투사 경기가 벌어졌던 곳이다. 사람들은 동물들과 목숨을 걸고 싸움을 하던 곳. 경기에서 주로 희생당한 사람은 전쟁포로로 잡혀온 노예나 범죄자들이었다.

Basilica San Marco 산마르코 대성당

신비의 도시 베네치아 중간쯤에 와서 곤돌라를 이용하여 산마르코 대성당에 오면 비잔틴 미술의 극치인 황금과 보석의 프레스코로 만들어진 보물들을 만날 수 있다. 1204년 십자군이 콘스탄티노플에서 가져왔다는 예수님의 가시면류관이 있어 방문객들을 설레게 한다. 비잔틴 시대와 중세의 교회 양식을 갖춘 기독교의 유적이다.

Vatican City 바티칸 시티

전 세계 정신적 지주인 로마 교황이 다스리는 세계에서 가장 작은 주권국가이다.

Tower of Pisa
피사의 사탑

갈릴레이가 이곳에서 무게가 다른 두 개의 공(1파운드, 10파운드)을 떨어뜨려 낙하실험을 한 후 '지표면 위의 같은 높이에서 자유 낙하하는 모든 물체는 질량에 무관하게 동시에 떨어진다'는 내용의 낙체법칙을 발견했다는 일화(逸話)가 유명하다.

Rialto Bridge 리알토 다리

한때는 베네치아의 대운하를 걸어서 건널 수 있는 유일한 통로였던 역사적인 다리로 베니스의 심장이라 불린다.

$\mathcal{N}apoli$ 나폴리

세계 3대 미항에 속하는 곳이라고 하지만, 실제 가보면 그런 느낌이 별로 들지 않는다. 오렌지의 가로수가 끝없이 연속되는 모래 해안, 배후의 베수비오 화산과 더불어 지중해에서 아름다운 풍경을 이룬다. 예로부터 '나폴리를 보고 죽어라'라는 유명한 속담이 전해지기도 한다. 최저 평균 기온이 8℃ 이하로 내려가지 않고 연교차가 적어 이탈리아에서 기후가 가장 좋다.

Puglia 풀리아

아드리아 해와 이오니아 해가 만나는, 바다로 둘러싸인 곳이다. 스펙터클한 절벽 위에 자리 잡은 새하얀 집들, 올리브 과수원과 포도밭, 기념비적인 대성당, 자갈이 깔린 옛스런 오솔길의 땅이다.

내가 걸어 온 길과 길
이제까지 난 한 번도 착해 보지 못했어

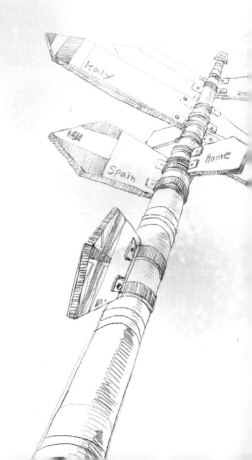

이정표

지금은 사랑한다고 말하지 마. 갈 곳을 정하지 못했어.

그러니까 난 지금 이정표를 보는 중이야.

돌아보면 나도 꽤 오래 걸어 온 셈이어서 새삼

지나온 길을 한 걸음 한 걸음 확인해보고 있어

내가 걸어 온 길과 길 이제까지 난 한번도 착해 보지 못했어

누군가를 제대로 사랑해 보지도 못했어

누군가는 나를 사랑했을까

–너를 생각을 해. 가슴 아퍼.

이제 떠나야 하는데 이정표에서 눈을 떼지 못하고 있어

그러니까 지금은 사랑한다고 말하지 말아줘

내가 돌아갈 때까지.

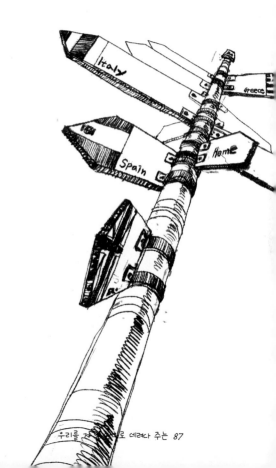

당신은 어디로 가는가 　스위스

별을
밟고
섰다.

92

아직 사랑한 적 없었다면 앞으로도 사랑하지 않을 수 있을 것 같아.

가고 싶은 길을 가고 있냐 물으면 가고 싶었던 길을 가고 있다고 대답할 수 있을 것 같아.

네 앞에 지금 건너지 못할 강이 흐르고 있다고 해도,

비가 내리고 바람이 불어 걷는 길이 더디어져 날마다

조금씩은 서러워진다고 해도,

강 건너 들판의 흐드러지게 피어난 풀잎들을 바라보고 선,

너와 나는 사랑할 수 없었던 많은 날들을 그대로 두고 가자.

다시 벗도 없이 먼 길을.

나무로 만든 다리 중에 이 세상에서 제일 긴 다리를 보고 있다.

이제까지 나무로 된 다리는 시골의 작은 개울에서만 보았다.

뾰족 지붕 안에 삼각형 그림을 그려서 끼워두다니 기발한 인테리어 감각,

(그런데 정말 세상에서 제일 긴 나무다리 맞나? 맞을 것 같다.)

왕가위의 영화 〈아비정전〉에는 발 없는 새가 나와.
태어나면서부터 발이 없어 죽을 때까지 날아다니다가
죽는 순간에만 내려 앉는다는 발 없는 새 이야기.
아, 슬퍼, 그런데 영화가 끝나갈 무렵
발 없는 새 이야기는 여자를 꼬시기 위해 지어낸 이야기라고
이제는 죽은 배우 장국영이 말했는데
지어낸 이야기인 건 나도 알겠다 이 세상에는
날개 없는 새도, 발 없는 새도 없기 때문이야.
다만 내려 앉지 못하거나 날아 오르지 못하는 새가 있을 뿐.
너는 알겠니?
나, 내려앉지도 날아 오르지도 못하고 있어.

케이블카보다 더 높게 올라가는 산악열차를 타고 끝없이 오른다.

관광객이 아무리 많이 와주어도

역시 이렇게 깊은 산골에 살면 외로울 것 같아.

어릴 적 '톰과 제리'의 제리가 구멍 뽕뽕 뚫린 치즈를 먹을 때마다 군침을 꿀꺽 삼켰더랬다.
그나저나 우리나라 쥐들도 치즈를 좋아할까?

혀 끝에서 감도는 '스위스의 한 조각'

음! 난 아직 진정한 치즈매니아는 아닌가봐.

Interlaken 인터라켄

거대한 호수인 툰 호와 브리엔츠 호 사이에 위치한, '호수 사이의 마을'이란 뜻을 갖고 있는 그림 같은 스위스의 마을이다. 인터라켄은 알프스 정상 융프라우로 가는 등산 열차의 기점으로도 유명하다. 융프라우를 등반하려는 이들이 모이며, 마을을 조금만 둘러봐도 아름다운 모습에 푹 빠진다.

Appenzelle 아펜젤

스위스 북동부에 있는 '아펜젤(Appenzell)'에서는 에멘탈, 그뤼에르 치즈와 함께 스위스의 3대 가열 압착 치즈로 꼽히는 아펜젤 치즈가 생산된다. 가열하지 않고 압착해 만드는 치즈로, 9세기 초 샤를마뉴 대제의 식탁에 올랐다고 전해올 만큼 역사가 깊다. 이 치즈는 8~9세기에 이미 가치가 있는 치즈로 인정을 받아 물물교환의 수단으로 쓰였다.

Oberhofen 오버호펜

12세기 오버호펜 왕조에 의해 건축된 성이다. 아름다운 툰 호수를 끼고 여러 성과 함께 자리잡았다. 중세 교회와 나폴레옹 3세의 방이 있으며 고딕양식 르네상스 양식 바로크 양식의 다양한 실내장식을 볼 수 있다. 독일의 노이슈반슈타인 성과 함께 달력의 단골 표지 모델이다

Gruyeres 그뤼에르

스위스 프리보그 지역의 작은 시골마을 그뤼에르. 치즈 중의 치즈라는 스위스치즈 그뤼에르로 유명한 곳이다. 그뤼에르 치즈는 조금 잔맛이 강하지만 감촉이 부드럽고 노란 호박색을 띤다. 먹으면 먹을수록 깊은맛에 취한다.

Murren 뮤렌

스위스 베른주(州) 베르너 고지(高地)에 있는 산악 마을이다. 전체 거주인구는 450명인데 호텔 침상은 2000개라고 한다. 청정지역이라서 자동차는 다닐 수 없다. 대신 케이블카가 다닌다.

Capel Bridge 카펠 교

스위스 루체른에 있는, 유럽에서 가장 오래된 나무로 만든 다리이다. 다리 위에 지붕이 씌워져 있고 팔각형의 탑은 과거에 망을 보던 망루였다고 한다.

가까워도 이르지 못하는

독일

Meistertrunk
/Marktplatz.

언젠가는 나도
길바닥에 앉아서 그림을 그리고 있을까
어느 정도 용기면 가능할까
모든 걸 버리고
일 년을 하루처럼 허비할 수 있을까
그저 내 하루는 하루에 불과하다
노숙을 해도 하루만 흘러갔을 뿐이다
단 하루.

무엇도 이르지 못하는 113

로텐브루크
Rothenburg

골목길.

어느 인간의 구토물을 어느 까마귀가 쪼아 먹고 있다.

수염이 멋진 노숙하는 할아버지는 멋진 그림을 그리기 시작한다.

기타를 메고 쇠사슬을 바지에 치렁치렁 매단 젊은 락커들이 지나간다.

화려한 백을 든 아가씨들이 종종걸음으로 지나간다.

나는 지도를 손에 들고 인도 난간에 걸터앉는다.

모닝커피를 파는 카페.

다섯 시 반.

카페에는 사람이 가득하다.

출근하는 사람.

여행을 떠나는 사람.

나는 아직 떠날 준비가 되어있지 않다.

미텐발트
Mittenvald

바이올린은 소리도 멋지지만 생긴 게 일단 아름답다.

가게 진열장의 바이올린 모형들.

손으로 만든다는 이 마을의 바이올린들이 세계제일이란다.

바이올린 연주를 배워본 적은 없지만,

바이올린을 가지면 정말 행복할 것 같다.

내 바이올린은 기계로 만들었다고 해도 상관없겠다.

모양만 같으면 돼.

시간 부족.

그렇게 느끼는 게 이상하다.

왜 꼭 그려대느라 시간부족에 시달리는 걸까.

도망 온 사람답게 할 일 없어 그린다고 해야 맞지 않을까.

그래. 병이야. 아빠는 '가스나야. 병이다. 병'

그랬는데.

그 소리가 듣고 싶네.

아빠의 '가스나야' 하는 소리.

문을 두드리면 빨간모자를 만날 것만 같은 두근거림.
그림형제의 동화 속 주인공이 된 기분이야.
꽃에 물 주고, 바닥도 쓸고, 오지도 않을 왕자님을 기다리며
더도 덜도 말고 딱 한 달만 살아 보고 싶다.

독일의 도시들은 레스토랑마다 근사하고 맛있는 맥주를 판다.
맥주 많이 마시면 살이 찐다는데… 외면하기 힘들다.
알딸딸해져서 거리로 나가 저녁노을을 구경한다.
그런데 이곳에서는 매년 포도주 축제가 열린다는데,
『레미제라블』의 작가 빅토르 위고는 이곳의
포도주 때문에 이 마을을 세계에서 가장 아름다운
마을이라고 칭송했다지.

축구는 잘 모르지만 차두리는 안다.
차두리가 있는
프랑크푸르트 축구팀이 있는
축구의 도시.

Roemer platz.

서울보다 서울대가 유명하지는 않지?

튀빙겐 대학은 튀빙겐 시보다 유명하대.

EBERHARD KARLS
UNIVERSITÄT
TÜBINGEN

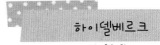

하이델베르크
Heidelberg

온통 전쟁으로 이어진 역사 속에서도
하이델베르크 성은 고색창연한 모습을 그대로 간직하고 있다.
지붕들이 죄다 빨간색인 건 중국의 시골이나 같은데 느낌은 아주 다르다.
중국의 빨간 지붕들은 집단농장의 지붕들인 걸 알겠는데,
유럽의 빨간 지붕들은 도시 전체가 그냥 빨간색이다.
성당 하나 빼고…

무진장 취한다. 그가 보고 싶다.
그와 함께 바라보던 그 곳을 혼자 바라본다.
사랑이 11월의 빗속에 한 자루 초를 들고 가는 길이라면
나는 애초부터 한 자루 초조차 간직하지 못했는지도 모른다.

그저 그가 보고 싶다. 그의 마음이 아니라 그의 정신이 아니라
그의 이상이 아니라 그의 목소리가 아니라
그의 눈과 귀와 코와 입술과 손과 발이 보고 싶다.

함께 하고 싶은 일도 없다.
함께 가고 싶은 곳도 없다.
무진장 취해서 그저 그가 보고 싶다.
그래서 너 대신 저 풍경을 바라본다.

이왕 태어나려면
저런 궁전에서 귀족으로 태어나지 그랬니.
백성들이 배고프다고 하면 초콜릿을 나눠주면서
하루 종일 거울만 들여다보고 사는 거야.
드레스가 몇 벌인지 헷갈리고,
보석으로 공기놀이도 하고,
멋진 백작의 아들 녀석이 오면
내 발등에 키스도 하게 하고.

공상입니다.
나무라지 마세요. 쳇.

Rothenburg 로텐브루크

낭만 가득한 동화의 도시. 독일 뷔르츠부르크에서 퓌센을 연결하는 350㎞의 로만티크 가도는 중세시대 중요한 무역로이자 성지 순례길로 아주 유명했던 도시이다.

$\mathcal{Mittenwald}$ 미텐발트

미텐발트는 독일의 전통적인 유명한 바이올린,비올라 첼로의 생산지이다. 이곳에서는 거의 모든 건물에 그려진 벽화를 볼 수 있다.

Tubingen 튀빙겐

튀빙겐은 독일의 유명한 주요 대학도시이다. 따로 정해진 캠퍼스가 없고 튀빙겐 곳곳에 10여 개의 기숙사를 포함해 대학 건물이 흩어져 있다. 시내 네 곳에 주요한 시설이 몰려 있으며 대학 설립 때 지은 오래된 건물이 지금까지 사용된다.

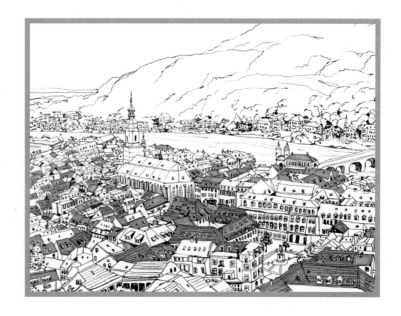

Heidelberg 하이델베르크

하이델베르크는 작은 도시에 대학이 많이 밀집하고 있어 대학도시라고도 불리며 많은 석학들이 나온다. 유럽에서는 쉽게 볼 수 있는 보행자 전용도로와 돌 길 그리고 오랜 세월의 흔적이 느껴지는 건물들, 그리고 여행자들의 휴식과 새로운 만남을 함께 즐기던 300년이 넘은 오래된 술집들이 자리한다. 오랜 세월의 흔적을 보여주는 꾸밈없는 도시의 모습이 낭만적인 느낌을 전해준다.

Bachrach 바하라흐

라인 강변에 있는 아름다운 도시 바흐라흐. 19세기 영국의 낭만주의 작가 빅토르 위고는 바흐라흐를 세계에서 가장 아름다운 도시라고 칭송했다. 바흐라흐라는 도시 이름은 술의 신 바커스의 라틴어 발음에서 유래했다고 한다.

Frankfurt 프랑크푸르트

괴테의 도시로도 유명하다. 이후 마인 강과 라인 강의 수상교통의 중심지, 또 철도의 중심지로 상공업이 크게 발달하게 되었으나, 제2차 세계 대전으로 시가지가 크게 파괴되었다. 전쟁이 끝난 후, 독일 경제 기적의 중심지로 크게 번영하게 되었고, 시가지도 말끔하게 정비되어, 유럽에서는 보기 드물게 고층건물이 시 중심가에 밀집되어 있다.

Neuschwanstein 노이슈반슈타인 성

백조의 성으로 불리며 현재 미국의 디즈니랜드의 '신데렐라 성'도 이 성을 본 따 만들었다고 한다. 이 성을 지은 사람은 독일 남부 바이에른의 왕인 루드비히 2세. 그는 16세 때 당시 유명한 음악가이자 시인이었던 바그너의 오페라 '로엔그린'을 관람한 뒤 바그너의 열성팬이 됐다. 그래서 루드비히 2세는 노이슈반슈타인의 모든 문고리를 오페라 '로엔그린'에 등장하는 백조 모양으로 만들었고, 성 내부 벽화와 커튼의 장식에도 수많은 백조를 그려 넣었다. 1864년 5월 사람을 보내 바그너를 만난 루드비히 2세는 바그너의 모든 부채를 갚아주고, 그가 더 이상 도망 다니지 않고 자신이 꿈꾸던 음악활동에 몰두할 수 있도록 해줬다. 루드비히 2세는 비운의 왕이었지만 자신의 예술에 대한 헌신과 열정으로 후세에 기억될 아름다운 건축물과 바그너의 음악을 남겼다.

Neuschwanstein

138

기차 실내와 창가

길 떠날 때…, 걱정스럽다고 하셨지요.
아직도…, 잘 모르겠어요.

다시 길을 나서려다 문득 당신 사진을 보았어요.
오랫동안 서로 만나지 못했네요.
우린 그저 살아있다는 것만 확인하고는 하죠.
돌아보니 참 긴 세월이기도 한데 말이에요.
잘 살고 있기를 바랄게요.
어느 날 우연이라도 만났을 때
자랑스럽게 잘 살아냈다고 말해주세요.

흔적없이 아름다운

오스트리아

블루마우 리조트
Roger Bad Blumau

실컷 먹고 마시고 온천도 하고…,
참겠습니다.
돈 안 들게 구경만 하고 갑니다.
참 근사하게 잘 지어놓으셨네요.

할슈타트
Hallstatt

사진 몇 장만 찍게 해줘요.

좀 덜 외롭게

제 사진도 몇 장 드릴게요.

가끔

내 생각하면서 눈을 감아요.

이제 갈게요.

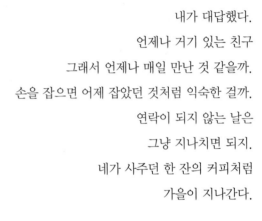

내가 대답했다.
언제나 거기 있는 친구
그래서 언제나 매일 만난 것 같을까.
손을 잡으면 어제 잡았던 것처럼 익숙한 걸까.
연락이 되지 않는 날은
그냥 지나치면 되지.
네가 사주던 한 잔의 커피처럼
가을이 지나간다.

Hallstatt 할슈타트

할슈타트는 역사적으로 소금을 채취해온 오스트리아 소금광산지역으로 오랜 역사를 자랑한다 10여분이면 끝에서 끝까지 걸을 수 있는 호숫가의 마을마다 아름답지 않은 곳이 없다. 중국에서는 이 마을을 중국 땅에 그대로 복제하는 중이란다.

Hallstatt

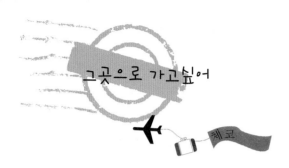

그곳으로 가고싶어

제코

카를 교의 성 얀의 조각상
John of Nepomuk, The Charles Bridge

가끔 발음 때문에 헷갈린다.

존인지 얀인지….

아무튼 신이 그다지 위대해 보이지는 않아.

우리가 훨씬 더 노력하고 살잖아.

그렇지 않니.

내가 이 세상에 태어나서 본중에 제일 아름다운 마을.

John of Nepomuk, The Charles Bridge

카를 교

카를 교에서는 각종 상인들과 거리 음악사들이 때때로 공연을 하고 있는 모습을 볼 수 있는데, 예술의 도시인 프라하답게 거리 공연을 하는 무명 음악가들의 수준도 결코 만만치 않다. 다리를 건너는 도중 30개나 되는 조각상을 만날 수 있다. 이 다리에서 가장 유명한 조각상은 성 네포묵의 조각상으로, 그 조각에 있는 부조를 만지면 행운이 온다는 소문 때문에 부조가 거의 다 닳아 있다.

Cesky Krumlov 체스키 크롬로프

13세기에 세워진 이 성은 프라하 성에 이어 체코에서 두 번째로 큰 성이다. 성 안에는 영주가 살던 궁전과 예배당, 조폐소, 바로크식 극장과 정원이 재현되어 있어 중세 귀족의 생활상을 느낄 수 있다. 구시가의 중심지는 중세 분위기가 그대로 남아 있다. 체스키 크롬로프는 다른 중세 도시들처럼 좁고 구불구불한 골목길이 미로처럼 얽혀 있다. 차 한 대가 간신히 지날 수 있는 이 좁은 길은 아기자기한 수공예품을 파는 상점과 카페가 가득해 관광객들의 눈을 즐겁게 한다. 해마다 6월이면 축제가 열리는데, 마을 사람들 절반 이상이 르네상스 시대의 옷을 입고 거리에서 공연을 한다.

그대 빈자리

터키

시오노 나나미는 『콘스탄티노플 함락』이라는 책에서
마호메드 2세를 미소년만 사랑하는 남자로 그렸는데,
생각해 보니까 여자가 너무 많아서 그런 것 아닐까.
이를테면 희소성 같은 거 말이야.
궁금한 건 지금처럼 크레인도 없는 시절에
저런 걸 어떻게 지었을까 하는 점이야.
누군가는 죽도록 고생했겠지만,
아름답다.
정말.

그대 빈자리

네덜란드

풍차, 나막신, 치즈. 웃긴 건

어디나 심심치 않게 국기가 꽂혀 있다는 거야.

애국심의 나라여서일까.

아니면 관광객들이 헷갈릴까봐 그러는 걸까.

나는 나라가 소중한 건 국기에서 나오는 게 아니라,

여권에서 나온다는 걸 알아버렸답니다.

비가 내리면 우산을 써도 비는 맞는다. 그러나 비는 언제고 그치기 마련이다.
누가 한 말인지는 잊었지만…. 그 사람 말대로라면 난 된통 걸렸어. 장마를 만났거든.

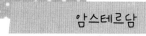

암스테르담
Amsterdam

낮과 밤이 너무 다른 풍경도 풍경이지만
어느 역보다도 더 멋진 역이 암스테르담 역이지.
그런데 소매치기로 악명을 떨친다는 건
암스테르담 역이 너무 아름답고 여행객들로 붐비니까
전 세계 소매치기들이 몰려들어서일 거야.
넋 놓고 바라보다가는….
미안하지만 전 확실히 가난해서 털릴 게 없답니다.

Zaanse Schans 잔세스칸스

동화 같은 분위기가 흐르는 잔세스칸스는 네덜란드의 전형적인 풍차마을로 유명한 곳이다. 17~18세기에 걸쳐 만들어진 목조 가옥들과 크고 작은 풍차들이 인상적이다. 그림책이나 사진으로 봐왔던 네덜란드의 목가적 풍경이 고스란히 눈 앞에 펼쳐진다.

Amsterdam 암스테르담

시의 중심은 여러 개의 운하로 둘러싸인 부채꼴 도시로, 남쪽의 담 광장에는 오래된 왕궁을 비롯하여, 제2차 세계대전 기념비, 국왕의 즉위식을 행하는 신교회(新敎會) 등이 있고, 《안네의 일기(日記)》로 유명한 안네 프랑크의 집이 서쪽에 있다. 동남쪽에는 화가 렘브란트(1639~1658 거주)의 집이 보존되어 있다.

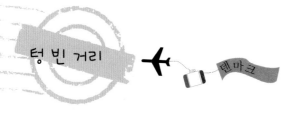

텅빈 거리

덴마크

괜히 하늘을 올려다보다가 눈물이 날 것 같은 날이 있어.

여긴 아는 사람이 없어서 그나마 다행인 날.

그대를 기다렸으나
그대는 오지 않고

스페인

166

특별한 날
특별한 장소에서
너와 함께 했던 달콤한 기억

사랑은
우리가 있다고 믿어야 있는 거야.

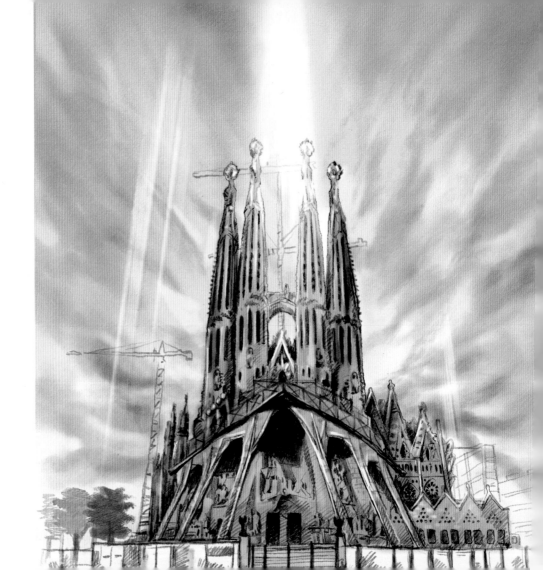

크고 멋진 성당들이 참 많기도 하구나.
우리나라는 거의 빌딩이나 체육관 수준의 교회들이 많은데
한 천 년쯤 지나면 우리나라 교회들도
유네스코에 등록되고 그러는 걸까.

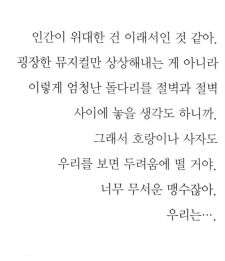

론다
Ronda

인간이 위대한 건 이래서인 것 같아.
꿍장한 뮤지컬만 상상해내는 게 아니라
이렇게 엄청난 돌다리를 절벽과 절벽
사이에 놓을 생각도 하니까.
그래서 호랑이나 사자도
우리를 보면 두려움에 떨 거야.
너무 무서운 맹수잖아.
우리는….

172

아름답다.
나 사는 곳도 산동네인데….
흰색으로 칠만 하면 저렇게 보이려나.

계단으로 이어진 길들. 계단을 테라스라고 부른다.
그 애가 그랬어. 건축용어래.

모양은 요란한데 맛은 어디나 같은 과일 주스. 어디서 커피믹스 좀 팔았으면 좋겠네.
우리나라에서는 김치찌개 먹으면 공짜야. 너희들은 인색하게 물도 파니? 치사하다. 정말.

캄포 데 크립타나
Campo de Criptana

미쳐서 살고 깨어나서 죽다니.

어쩌면 우리한테는 풍차를 향해 돌진하는
돈키호테가 너무 필요할지도 몰라.

혼자 하기 겁나면 스크럼을 짜서라도
세상을 향해 달려 나갈 필요가 있는 거잖아.

평생에 단 한 번이라도 무언가에 미치는 건
생각만으로도 로맨틱하잖아.

Ronda 론다

론다는 스페인 투우의 발생지로 유명하며 투우장 맞은편 절벽 부근에는 작은 공원이 하나 있다. 릴케가 그토록 찬사를 퍼부었다는 아름다운 도시.

$\mathcal{S}agrada\ \mathcal{F}amilia$ 성가족 대성당

바로셀로나의 상징인 성가족 대성당(사그라다 파밀리아). 하늘로 치솟은 옥수수 모양의 거대한 성당은 건축가 안토니 가우디가 설계하고 직접 건축을 책임졌다. 그의 나이 서른 살 때인 1882년 3월 19일(성 요셉 축일) 공사를 시작해 1926년 6월 죽을 때까지 교회의 일부만 완성하였다. 나머지 부분은 현재까지도 계속 작업 중에 있고, 교회 전체가 완성되기까지 어느 정도의 시간이 걸릴지는 알 수 없다. 1935년 스페인 내전으로 건축이 중단되었다가 제2차 세계 대전이 끝난 후에 다시 재개되었다.

Frigiliana 프리힐리아나

스페인 네르하 근처의 지중해 하얀 마을인 프리힐리아나. 스페인의 아름다운 마을에 선정되었기도 한 마을로 온통 하얀색으로 된 집과 길들로 인해 눈에 뜨이는 것은 하얀색 뿐이었다.

Frigiliana 프리힐리아나

그러면 그대가 거기에
먼저 와 있을까

그리스

고급스럽고 편안하고 넉넉한 휴가를 즐기고 있어요.
근심걱정 절대 없고 화날 일도 절망할 일도 없는
부잣집 딸처럼 지내는 중입니다.
딱 오늘 하루만은.

배 타고 싶다. 요트 말고 배.
어디든 먼 항구를 향해 바다를 건너가는 배 말이야.

난 항상 그대로일까

선물 가게에서 엽서를 샀다.
너한테 부치려고 산 건 아니지만,
우리가 좋았을 때 하나쯤 보냈으면
좋았을 거라고 생각은 해.

누가 그러더군요.
'사랑이 오면 피하지 않을래.'
그런데 난 자신 있어.

넌 암도 폐암이나 간암이나 위암으로 골라서 걸리냐?
사랑은 갑자기 악마가 던진 비수처럼 와서
등 뒤에서 늑골 사이를 겨누고
별안간 네 심장을 쑤시는 거야.
무쟈게 아프다.
숨도 못 쉬고 끌려가는 거야.

내가 여기에
머무르는 것은

영 국

햇살 좋은 날
공원 벤치 위에 너의 무릎을 베고 누워
하늘을 올려다 보는 꿈을 꾸었어.
한 손엔 책을,
또 한 손은 내 손을 잡은 채 너는 말해.
"행복하다."
난 그저 네 앞에 서서 사랑을 갈구하는 한 여자일 뿐이었는데,

"Don't forget I'm also a girl,
standing in front of a boy,
asking him to love her."

닐스야드
Neal's Yard

나 같은 길치에게 골목이란 곧 미로야.

출구 끝에 펼쳐진 네 컷 카툰 같은 세상.

마냥 즐거워.

처음 영국에 온 로마 군인들은 영국을 무시무시한 미개인들의 나라라고 했대.

이렇게 힘든 언덕으로 돌격하라고 하니까 싫어서 괜히 그렇게 보고했을 거야.

진짜 힘들다.

치마 입은 남자를 찾았는데 없다.

대신 넓게 펼쳐진 도시만 구경했다.

나폴레옹 덕분에 유명해진 사람들의 기념비가 세워진 언덕.

내가 좋아하는 것들 중 하나가 바로 게으름 피우기.
언덕에 앉아 멀거니 도시를 바라보면서 하루를 보내버렸다.
맹세코 아무 생각도 하지 않았다.

웨스트민스터 사원
Westminster Abbey

영국에서는 국회의원들에게
어떤 특권을 드리나요?
퇴근한다는 신호로 의원님사무실 현관 불을
켜놓으면 택시기사들이 지나가다가 일부러
서서 기다려준답니다.

대단한 특권!

Buckingh

200

어릴 적 내 알람 시계는
검은 모자에 빨간 군복은 입은 인형이었어.
절대 움직이지 않는다더니, 정말 그러네.
나한테는 단 오 분도 무리. 무리입니다.

어릴 적에는 대영박물관이 인도에 있는 줄 알았어.

그럴 리가 없는데 말이지.

누가 나한테 그런 착각을 심어주었던 걸까.

그런데 이 녀석들 우리나라 보물들까지 잔뜩 훔쳐다 놓았네?

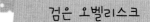

위대한 왕들의 업적을 기념하는 국력의 상징이
남의 나라에 와서 전시되어 있다.
대영 박물관은 참 염치도 없다.
남의 물건을 뺏어다 자기네 거로 만드네.
이집트 사람들은 가슴 아프겠다.

내가 여기에 머무르는 이유 205

런던타워
Tower of London

난 특별하게 애국심도 많고

나라 일에 감동도 많이 하고

분개도 많이 하지만…,

사실 독립투사는 못 되었을 것 같아.

세계 제일의 고문도구들…,

영국의 저 런던 탑이

그렇게 무시무시한 감옥 있다고 하던데…,

생각만 해도 으으…,

난 무조건 비겁하게 살을래.

거기다가 저기는 귀신 많이 나오기로도

세계에서 여섯 번째인가…,

그렇게 유명하대.

강은 흐르고
어느 인생도 확인되지 않는다.

런던타워 브리지
London Tower Bridge

새벽 세 시 물 건너 거리에 가로등 하나가 반짝인다.
강은 흐르고 어느 인생도 확인되지 않는다.

"받지 않으시겠답니다."

콜렉트 콜 교환원의 목소리

언제나 내 사랑은 마지막 남은
커피 한 모금처럼 아쉽다.

셜록홈즈 레스토랑

Sherlock Homes Restaurant

추리소설의 끝을 알아 맞추는 사람과
마주앉아 식사를 하면 무서울 것 같다.
난 똑똑하지 않으니까.

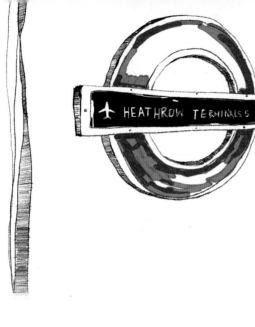

히드로 공항

London Heathrow Airport

네게서 나는 지워져 갔겠지만
내게서 너는 지워지지 않았어.

I can feel him in the morning

남몰래 흘린 눈물
어느 날 갑자기 창을 열면
바다가 펼쳐지는 거야.
누군가가 보고 싶어서
공항으로 달려가는 기분은 어떤 기분일까.
나도 행복했음 좋겠다.

Thanks to you my dear old friend
But you can't help this is the end
of a tale that wasn't rights
I won't have no sleep tonight

여기 다시 안 올래.
죽어서는 제발 무생물이 되게 하여 주소서 .
지금 내가 바라보는 바다는 가짜야.
실은 창 밖의 벽을 마주 보고 있어
네게서 나는 지워져 갔겠지만
내게서 너는 지워지지 않았어.

Tower of London.

Tower of London 런던타워

영국 런던 템스 강변에 위치한 중세 시대의 왕궁으로, 런던 탑이라기보다 하나의 거대한 성에 가깝다. 한 때는 감옥으로, 한 때는 행정기관으로 또 왕립 보물창고로도 사용되었던 런던 탑은 지금 관광 명소가 되어 인기를 누리고 있다. 런던타워가 사람들에게 유명해진 이유는 이곳에서 벌어진 권력과 왕좌를 둘러싼 '피의 역사' 때문이다. 왕족을 비롯한 고위층들의 감옥이자 고문, 처형장으로 쓰이면서 비극의 무대가 된 것이다. 템스 강 너머로 보이는 런던타워의 야경은 은은하고 아름다운 모습을 보여주고 있어 천년 세월 동안 권력과 왕좌를 둘러싼 비극적인 역사의 흐름을 무색하게 만든다.

London Tower Bridge 런던 타워 브리지

국회의사당의 빅 벤과 함께 런던의 상징으로 꼽히는 타워 브리지. 조명을 받을 때면 하얗게 빛나는 야경이 장관이다. 양 옆으로 솟은 고딕 양식의 탑이 무척 인상적이다. 대형 선박이 지나갈 때마다 다리 가운데가 열리도록 개폐형으로 만들어진 다리가 열리는 모습이 장관이다.

Westminster Abbey 웨스트민스터 사원

13세기 이래 잉글랜드 왕들의 매장되었으며, 수많은 대관식과 왕실 결혼식이 열렸던 곳이다. 영국의 왕들이 대관식과 결혼식 및 장례식을 치르는 장소로 사용될 만큼 웅장하고 화려할 뿐 아니라 지하에는 3,000명이 넘는 왕족과 귀족을 비롯한 유명 인사들이 잠들어 있는 국립묘지로도 유명하다. 사원 건물은 런던에서 손에 꼽히는 아름다운 건물로, 절반은 국교회로, 절반은 국립박물관으로 사용되고 있는 이 사원의 복도와 트랜셉트에는 정치인에서 시인에 이르기까지 수많은 영국의 위대한 인물들의 기념비와 무덤들이 있다.

The British Museum 대영 박물관

그리스 신전을 연상시키는 웅장한 대영박물관은 연평균 570여만 명이 찾는 세계 3대 박물관 중 하나다. 1753년 한스 슬로안 경이 수집품을 정부에 기증하며 시작되었다고 한다. 시간이 흐르면서 세계 각국에서 전리품으로 가져온 유물들로 규모가 점점 거대해졌고 개축 공사를 하여 1759년 개관한 이곳에는 이집트, 메소포타미아, 그리스, 로마 등의 진귀한 고대 유물이 전시되어 있다. 그 규모만 해도 세계 최대여서 하루 만에 전시품을 모두 돌아보는 것은 불가능하다. 그럴 만한 상황이 아닐 경우 보고 싶은 전시품만 골라 감상하는 것이 좋다.

Neals Yard 닐스야드

회색빛 런던에서 알록달록한 색으로 채색된 건물로 이루어진 거리에 노천카페와 샐러드 바가 가득해서 행복한 거리이다.

Calton Hill 칼튼 힐

칼튼 힐은 기념비들로 이루어진 스코틀랜드의 에딘버러에 있는 언덕이다. 나폴레옹과 워털루 전투에서 전사한 스코틀랜드 병사들을 기념하는 국립기념비가 가장 크고 유명하다.

너무 오래
머물렀나 떠나야지

일본

영화 〈도쿄타워〉가 생각난다.
비 내리던 풍경.
나이 든 여자와 젊은 남자의
우울한 사랑.

그러니까 결국
누군가에게 무언가가 되려면
내가 먼저 무언가가
되어야 하는 거였어.

이 세상에 이렇게
똑같은 도시가 있다는 게
놀랍다는 미야자키 하야오의 말처럼

나 역시 도쿄타워에서 내려다 본 도쿄 시내가
서울하고 너무 똑같아서 놀랐어.
나무가 더 많은 것 빼고는 정말 똑같아.

시부야

너를 보낸다.

가슴으로 밀려드는 찬 바람 소리.

숨을 멈추고 내 심장을 점검한다.

아직 나는 괜찮아 언제나 이랬지만,

나는 금방 잊을 거야. 너도 잊겠지.

나처럼 너도 잊고

어느 찻집에 앉아서 편지를 쓰겠지.

그렇게 시간이 흐르고,

어느 날 문득 지나간 너를 생각하겠지.

그 때 내가 안타까워도 가슴이 아파도

이미 늦었을 거야.

단 한 번만이라도 잘해주고 싶어지겠지.

마지막으로 다시 한 번 만나서 마음껏 사랑해주고 싶겠지.

소원이 그거라고 기도할지도 모르지.

그 때 우리가 어리석어져도 상관없잖아.

그건 그냥 꿈인 걸 슬퍼해도 괜찮아.

세월은 강물 같은 거니까. 다시는 돌아오지 않으니까 시간을 믿자.

우리가 정말 서로를 사랑했었다는 착각에 사로잡히지는 말자.

허영심이었다고, 말의 유희였다고 하자.

그러면 지금보다는 한결 쉬워질 거야.

외롭다고 하지 마. 이 세상은 원래 외로운 거야.

갑자기 우리로 인해 우리가 외로워진 건 아니야.

서로에게 알려주었을 뿐이야. 그래서 외로운 걸 깨달은 거야.

안녕, 끝내 사랑하지 못해서 미안하다.

새와 꽃이 함께 있는 풍경,
아름답게 어울리는 풍경,
그러나 새와 꽃은 서로 사랑하지 않는다.

나는 네가 정말 좋다.
지금 네 자신은 너를 필요로 하지 않는다고 해도
나는 네가 정말 필요해.

여기는 비가 내리기 시작하고,
나는 지나간다 비처럼.

나 이제 이 곳에 있다.
인천국제공항

한국

공항.

도착.

떠나는 그녀를 으스러져라 끌어안더니

들어가는 내내 두 손으로

입을 막고 우는 저 녀석.

때려주고 싶네.

저 녀석 말고 너.

돌아오는 길은 언제나 우울해.
아무 것도 가져오지 못한 느낌
그래도 많이 버리고 왔을 거야.

가슴이 아프면 영화를 보고
눈물이 나면 아스피린을 먹을래.
꿈속에 네가 나타난다면
난 잠들지 않을 거야.

그냥 가지고 다닐래.

아주 조금만 더…

그래도 조금만 더…

이 바람이 불어오지 않을 때까지…

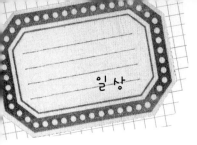

일상

전철을 탄다.
문에 기대어 창밖을 바라본다.

집으로 가는 길.
파랗게 변해가는 서울 하늘 위로
네온사인이 흘러간다.

아름다운 거리.
아름다운 사람들.
그 사이로 스치는 지나간 시간들.
기억과 기억 사이에 머무는
내가 두고 갔던 것들.
언제나 변하지 않는

아빠의 웃음소리.

엄마의 잔소리.

내 탭의 할부금.

교통카드와 이메일용으로

만들어 둔 내 포트폴리오.

집으로 가는 아주 작은 행복감.

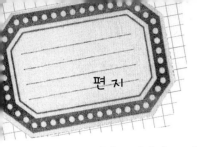
편 지

편지를 써야지, 그렇게 마음 먹었는데, 인터넷이 안 되는 방에 들어와버렸던 거야.

편지는 인터넷으로 쓰는 게 아니잖아.

그런데 갑자기 난 바보가 되어버렸어.

편지는 편지지에 써서 우체통에 넣는 거잖아.

그걸 깜빡 했어. 바보같이.

스케치북은 너무 두꺼워서 이런저런 낙서라도 하고 싶어서 노트를 하나 사려고 나섰는데, 우체국이 있는 거야.

독일 말로 우체국이 뭐냐고는 묻지 마. 간판 말고 건물 보고 안 거니까.

내가 떠나 올 때, 네가 그랬지.

아직 희망이 있다고 믿는다. 그 말이 참 웃겼어.

사람이 사람을 두고 희망이라는 말을 쓰다니. 희망은 그냥 원하는 거잖아.

그렇지만 사랑은, 그러니까 사랑은, 원하는 게 아니라 걸려드는 거야.

원해서 아픈 사람은 없으니까 희망이라는 말은 틀린 거야.

그래도 이렇게 멀리 떠나와서는 가끔 네 생각을 하게 되는 걸.

네가 나하고 오래오래 헤어졌다가 다시 만나서 한 말이 제일 기억에 남는다.

보고 싶었다고도 하지 않고, 반갑다고도 하지 않고, 너는 그냥 지나가듯 말하더라.

기차를 지겨울 정도로 탔는데, 또 타고 싶어.

비행기로 여행하는 건 너무 싫어서 자꾸 기차만 타게 돼.

시간은 많이 걸리지만, 비행기보다 천천히 아주 천천히 가주거든.

그리고 돈도 덜 받는다. 그래서 기차가 좋은 거야.

맞다. 편지 받아도 답장 할 곳 없으니까 신경 쓰지 마.

별로 중요한 이야기도 없으니까 이 편지가 네 손에 들어가지 않아도

뭐 그닥 신경 안 쓸래.

사실 너희 회사 주소를 영문으로 쓴 게 제대로 들어가는지도

난 모르겠거든. 그냥 문득 네 생각이 나서 한 통 보내는 거니까

이해해줘.

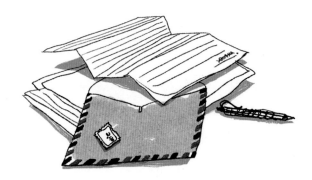

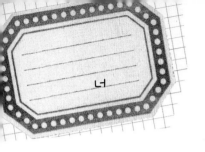
너

내가 좋아하는 것들.

한겨울 잠에서 깨어나 보니
온 세상을 덮어버린 하얀 눈.
한 여름에 갑자기 쏟아져 내리는 소나기.
아침 안개. 바람 부는 숲속의 햇살.
그리고 언제나 거기 더해져 있던 너.
그림을 그릴 때면 수많은 풍경 속에
언제나 보이지 않게 담겨져 있는 너.
이제는 조금씩 옅어져 가는 네 그림자.
내 작은 창문의 커튼에 어른거리는 너.
책갈피 속이나 책상 서랍 속에 담겨져 있는 너.

조금씩 아주 조금씩 더 희미해져 가기를 바라면서
너에게서 나에게로 떠났던 여행.

트래블 투 마인드(Travel to Mind)!
트래블 투 소울(Travel to Soul)!

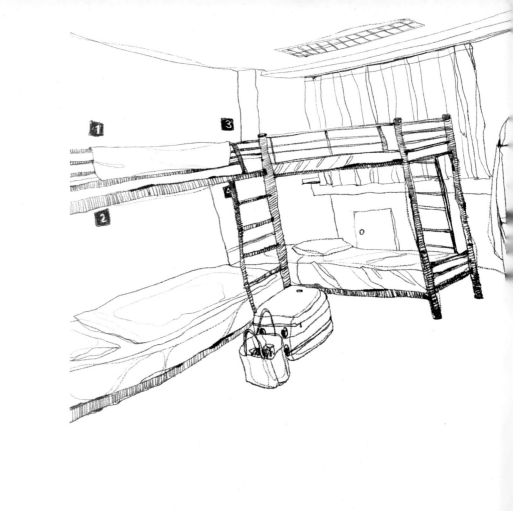

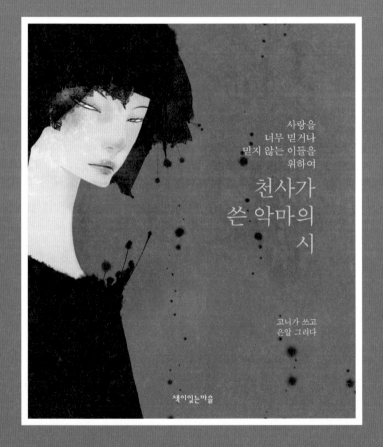

사랑을
너무 믿거나
믿지 않는 이들을
위하여

천사가
쓴 악마의
시

고니가 쓰고
은알 그리다

책이있는마을

천사가 쓴 악마의 시

은알이 그리고
고니가 쓰다

은알의 그림은 화려하나
도시의 회색빛 슬픔이 서려 있다.
그 그림에 **고니**의 비 내리는 오후,
자조적이면서도 혼잣말 같은 글들이 어우러져
전체적으로는 모노톤이 된다.
사랑을 이야기하지만 뜨겁지는 않다.
머리 아픈 철학은 없지만
짧은 글이 쉽게 페이지를 넘기기엔 뭔가 있다.
당신의 책상 위,
식어가는 아메리카노 찻잔 옆에
늘 있어도 좋을 법한 책이다.

소풍

수요일에 미용실에 가서 머리를 손질하면
토요일 뮤지컬을 보러 갈 때쯤
나의 S컬은 상당히 자연스러워져 있을 것이다.
너와 함께 아이다나 그리스를 보러 가는 것도 즐거운 일이지만
사실 내가 좋아하는 것은 단조롭지만 난해한
인디밴드의 음악을 크게 틀어놓고
맥주를 마시는 일이다.
가끔은 그 리듬에 몸을 흔들기도 하며 너를 바라보는 것이다.
너는 참을성 있게 스마트폰의 화면을 들여다보거나
잡지의 광고를 스크랩하다가
결국 빈 맥주캔을 흔들어 보고 편의점으로 술을 사러 나가버리겠지만

너와의 소풍 같은 시간이 뮤지컬보다도 나는 좋다.

천사가 쓴 악마의 시 본문 中